Editora responsable:
Ana Doblado

Ilustraciones:
Elena García Aubert, Guadalupe Guardia e Isabel Labad

Textos:
Ana Serna y textos procedentes de los libros ISBN 84-305-4073-3,
84-305-4077-6, 84-305-4076-8

Corrección de textos:
Bárbara Williams / Equipo Servilibro

Diseño y maquetación:
Dpi Comunicación / Equipo Servilibro

Diseño de cubierta:
Equipo Servilibro

CUENTOS EN 1, 3 y 5 MINUTOS

SERVILIBRO

Cuadro explicativo
de los símbolos

Tiempo

Edad

Escenarios

Personajes

Valores

CUENTOS
EN 1 MINUTO

El reloj

 1 minuto

 7 años

 La tienda
La calle

 Iván: juguetón e inteligente
Tendero: comprensivo y negociador

 Aprender a negociar
Conseguir un objetivo

Aquella tarde, como todas las tardes a la misma hora, Iván miraba atentamente el escaparate de la tienda de antigüedades.

Allí estaba el reloj, a punto de dar las ocho con su pequeña campana.

—¡Ya está! ¡Ya salen! —pensó Iván cuando sonaron las primeras campanadas.

De las ventanitas del reloj comenzaron a salir varios personajes que bailaban y giraban al compás de una música.

—¡Ahora saldrá el conejo! —dijo Iván, que se lo sabía de memoria—. ¡Y ahora el pájaro! ¡Y después el enanito de la ventana de arriba!... Pero... ¿dónde está el enanito?

Iván comenzó a dar golpecitos en el cristal del escaparate.

—¿Y el enanito? ¿Por qué no ha salido?

El dueño de la tienda abrió la puerta y salió a la calle:

—¿Qué ocurre? ¿Quieres algo?

—¡El enanito del reloj no ha salido!

—¡Ah! ¡El enanito! ¡Se ha estropeado, su maquinaria no sirve y tendré que cambiarlo por otra figura!

—¿Y qué va a hacer con él?

—Pues... ¡No sé! Estoy pensándolo —contestó el dueño mirando un perrito de juguete que llevaba Iván en las manos.

—¿Me lo regala? ¡A mí me gusta mucho!

—¡Haremos algo mejor! —propuso el dueño de la tienda—. ¡Te lo cambio por el perrito! Le pondré una maquinaria y lo colocaré en su lugar.

Iván aceptó encantado. La casita del reloj tendría un nuevo huésped y él conservaría el enanito.

Gong, la campana

 1 minuto

 5 años

 El campanario
La plaza del pueblo

 Mamá cigüeña: valiente, veloz y amorosa
Crías: débiles y desprotegidas
Alcalde y vecinos del pueblo: colaboradores

 Amor maternal
Amor por los animales

En la torre del campanario hay un nido de cigüeñas con tres huevos. Mamá cigüeña ha ido a buscar comida, dejando los huevos solos, pero vigilados de cerca por la vieja campana de bronce, muda desde hace años porque nadie sube a tocarla.

Pasan las horas, y los huevos empiezan a moverse. De cada uno de ellos asoma un pequeño pico que va rompiendo la cáscara poco a poco.

De pronto, nadie sabe cómo, se oye un sonido casi olvidado por los habitantes del pueblo.

¡¡Gong!! ¡¡Gong!! ¡¡Gong!!

La gente que pasa por la calle, alza la mirada hacia el campanario. ¿Qué ocurre? ¿Quién toca la campana?

—¡Algo malo pasa! —dice la señora Manola.

Efectivamente, algo malo va a pasar. De los huevos han salido las tres pequeñas cigüeñas que, al verse solas, se mueven asustadas y están a punto de caer desde lo alto del campanario.

La gente, al verlo, corre de un lado a otro, gritando. Nadie sabe cómo salvar a las cigüeñitas.

Gong, la campana, sigue tocando con todas sus fuerzas.

A lo lejos, mamá cigüeña ha oído la campana y, volando lo más rápido posible, llega a tiempo de salvar a sus pequeños.

Todos en la plaza gritan entusiasmados.

¡Seguirán teniendo a sus queridas cigüeñas!

El alcalde toma una sabia decisión: abrir el campanario y poner una cuerda nueva para poder oír todos los días el gong de las campanadas.

Un hueso para Lucas

 1 minuto

 5 años

 La casa
El parque
Un árbol

 Carolina: curiosa y
cooperativa
Lucas: alegre, juguetón
e instintivo

 Trabajo en equipo
Amor por los animales

Carolina tiene un perro llamado Lucas. Todas las tardes, después de hacer los deberes, coge el collar y lo agita haciendo sonar la cadena.

—¡Lucas! ¡A la calle!

Por el pasillo se oyen sus alegres ladridos. Carolina le pone como puede el collar, pues Lucas no deja de saltar, y corren escaleras abajo; no paran hasta llegar al parque.

Y junto al árbol preferido de Lucas, éste, en vez de levantar la patita como siempre, empieza a olfatear por los alrededores.

—¿Qué pasa, Lucas? ¿Qué estás oliendo?

El perro se le queda mirando pero continúa olfateando, cada vez más inquieto. Después se pone a escarbar la tierra.

—¿Has descubierto un tesoro? —dice Carolina comenzando a escarbar también—. ¡Déjame sitio, que te voy a ayudar!

Entre los dos hacen un gran agujero, y de repente Carolina nota que sus dedos tocan algo extraño.

—¡Mira, Lucas! ¡Es una caja... de cartón! ¡Vamos a ver lo que contiene!

Carolina abre con cuidado la caja y saca un pequeño y aromático hueso con el que Lucas se vuelve loco de alegría. También hay un trocito de papel doblado que lleva un mensaje: «Para un listo sabueso, de regalo, ¡este hueso!».

Carolina y su perro regresan a casa. Ella, decepcionada, y Lucas dando brincos con el hueso en la boca.

El muñeco de nieve

 1 minuto

 5 años

 La calle

 Carolina: bondadosa
Luis: compasivo
Ana: inocente

 Amistad
Bondad

La pasada noche nevó en el pueblo donde viven Carolina, Luis y Ana.

Al salir a la calle, un muñeco de nieve, con bufanda de lunares, les miraba sonriendo.

—¡Qué bonito muñeco! ¿Quién lo habrá hecho? —preguntó Luis.

—¡Tendrá frío! ¡Le voy a dejar mi gorro! —dijo Ana mientras se alzaba de puntillas y le colocaba el gorro—. ¡Ahora le faltan los guantes!

—¡Yo no tengo guantes, pero le puedo dar un chicle! —propuso Carolina sacando uno y metiéndoselo en la boca.

Los tres se quedaron quietos, esperando que lo masticara. Pero el muñeco no se movía.

—¿Sabes hacer globos? —preguntó Luis.

El muñeco no decía nada.

—¡Es que no le gusta! ¿Prefieres gominolas? —preguntó Ana mientras extendía su mano—. ¡Tengo aquí una de fresa! ¡La he chupado esta mañana!

El muñeco seguía sin moverse.

Los tres se miraron. No sabían qué hacer. Por fin decidieron taparlo bien para que no pasara frío por la noche.

Al día siguiente volvieron al mismo lugar. El muñeco se había derretido y en la nieve que quedaba encontraron un papel escrito:

«Muchas gracias por el chicle, el gorro y la gominola (aunque esté chupada). He pasado la noche muy calentito, y por eso me he derretido. Volveré el próximo invierno».

La planta carnívora

 1 minuto

 4 años

 El invernadero

 Luis: miedoso e indeciso
María: juguetona y atrevida
Ramón: instructor

 Amistad
Curiosidad

Es la hora del recreo. Luis y María juegan con sus compañeros al escondite.

—¡Vamos a escondernos al invernadero! —propone María.

—¡Yo no voy! —responde Luis—. ¡Hay una planta carnívora! ¿Y si nos come?

—¡Las plantas carnívoras sólo comen bichitos y esas cosas! —dice María para tranquilizarle.

Luis, no muy convencido, la sigue hasta la casita de madera. Allí, sobre unas tablas, está la planta carnívora.

—¡Qué grande es! —exclama María haciendo señas a Luis—. ¡Más vale que no hagamos ruido!

—¿Pero no dices que sólo come bichos?

—¡Ssssh! ¡Habla bajo por si acaso!

—¿Por si acaso qué? —comienza a gritar un poco nervioso Luis.

En ese momento la planta parece moverse. Luis y María, quietos, contienen la respiración.

—¡Está abriendo la boca! ¡Nos comerá!

De pronto se abre la puerta y aparece Ramón, el profesor de naturales.

—¡Hola, chicos! ¿Habéis venido a regar a Teófila? Yo le traigo un poco de mortadela, he descubierto que le gusta más que las moscas.

—¡Ñam! —hace la planta, juntando las dos hojas abiertas y comiéndose la mortadela.

—¿Habéis visto? ¡Es genial! —dice el profesor volviéndose hacia los niños. Pero ellos no pueden oírle, han salido corriendo del invernadero.

Bichito

 1 minuto

  6 años

 La clase
El cuarto de
Marina

 Marina: aplicada y
paciente
Bichito: caprichoso
y presumido

 Adaptabilidad
Trabajo
Conocimiento de uno mismo

A Marina le gusta mucho dibujar.
Hoy en clase les han dicho que se
inventen un animal divertido y raro, y
que lo pinten con muchos colores.
Marina ha dibujado un animal rarísimo,
lo ha llamado Bichito y lo ha colocado
en su cuarto para verlo por las noches.

Bichito la mira desde el papel con sus
ojitos de gato, mientras Marina le habla
desde la cama.

—¡Mañana te pondré estrellas!... ¡Y
una luna!... ¡Y si quieres, te pinto rayas
en el cuerpo!

Bichito la escucha con paciencia.

—¡Lo que me faltaba! —dice desde el
papel—. ¡Lo que tienes que hacer es
cambiarme de color!

Marina le mira sorprendida.

—¿Es que no te gusta?

—¡A mí me gusta mucho el amarillo!
—dice Bichito suspirando—. ¡A
propósito! ¿Qué soy yo?

Marina se queda pensativa unos
instantes.

—¡Eres la mascota del duende!

—¿De qué duende?

—¡Mañana dibujaré al duende!
—contesta Marina—. ¡Será pequeño,
con orejas de punta, le pondré una
nariz redonda y colorada! ¡Llevará un
traje!

—¡Con lunares amarillos! —exclama
Bichito.

—¡Eso es! ¡Un traje azul con lunares
amarillos! —añade Marina dando
palmas.

Desde el fondo de la casa se oye la
voz del papá de Marina.

—¡Marina! ¿Con quién estás
hablando?

—¡Con el dibujo de la pared!

—¡Pues dormíos los dos, que ya es
muy tarde!

Marina se tapa pensando en el
dibujo que hará del duende y Bichito
se duerme contento de saber quién es.

El caracol no tiene prisa

 1 minuto

  7 años

 La ventana

 Daniel: cuidadoso y colaborador
Caracol: gruñón

 Logro de las metas por uno mismo
Cooperación

Una tarde estaba regando Daniel la maceta de su ventana, cuando vio que algo trepaba por una de las hojas de la planta. Se trataba de un caracol.

Con el dedo, Daniel le dio un suave empujoncito, para ayudarle un poco.

—¡Eh! ¡No empujes! —dijo el caracol.

—¡Perdona! —se disculpó Daniel—. ¡Yo sólo quería ayudarte!

—¿Ayudarme? ¡No te preocupes! ¡Tengo todo el día!

—¿Adónde vas? —se interesó Daniel.

—¡Voy a visitar el otro lado de la maceta!

—¡Si quieres, te coloco yo al otro lado ahora mismo! —propuso Daniel.

El caracol se enderezó y volvió sus antenitas, mientras decía:

—¿Es que tienes prisa?

—¡Pu-pues... no! —titubeó Daniel.

—¡Pues yo tampoco! —exclamó el caracol continuando su camino.

Pasaron varios minutos. Daniel seguía con la mirada el lento avance del caracol. De pronto, éste se paró y, volviéndose hacia Daniel, le propuso:

—¿Querrás llevarme mañana a otra maceta? ¡Supongo que tendréis más en esta casa!

—¡Oh! ¡Pues claro! —contestó Daniel encantado—. ¡En la terraza del comedor tenemos por lo menos ocho!

—¡Estupendo! —se alegró el caracol—. ¡Me gusta ver mundo!

CUENTOS EN 3 MINUTOS

Bambi

 3 minutos

 4 años

 El bosque
El río

Bambi: cariñoso,
  valiente y revoltoso
Tambor: buen amigo
Falina: coqueta
Mamá cierva: protectora
  y sacrificada
Cazadores: peligrosos
Príncipe del bosque:
  protector

 Amor por la familia
Valentía
Amistad

Un buen día nació Bambi, un precioso cervatillo hijo del Gran Príncipe del bosque, y todos los animales se reunieron para celebrarlo.

—¡Qué guapo es!

—¡Qué cervatillo más lindo!

—¡Cuánto se parece a su padre! —decían.

Y era verdad. Junto al regazo de mamá cierva, se acurrucaba un precioso y tembloroso cervatillo.

42

Cuando aprendió a andar, el conejo Tambor, que se había hecho muy amigo suyo, le enseñó todos los secretos y maravillas del bosque.

—¡Mira, Bambi, eso es una mariposa! ¡Mira qué pajarillo tan precioso!

—Ma-ri-po-sa, pa-ja-ri-llo... —repetía Bambi.

Y así pasaba el cervatillo el tiempo, aprendiendo y jugando. No cesaba de corretear por el bosque, siempre en compañía de su madre, Tambor y otros amigos.

Un día Bambi se encontró con otro cervatillo.

—¡Hola, Bambi! Me llamo Falina. ¿Quieres jugar conmigo?

Era la primera vez que se encontraba con una hembra de su misma especie. Desconcertado, contestó:

—Bueno, jugaremos si te empeñas...

A Bambi le gustó mucho jugar con Falina y la unió a su grupo de amigos.

Llegó el invierno y Bambi y Tambor se lo pasaron en grande patinando sobre el hielo en el lago helado y trotando en la nieve. A veces a Bambi le costaba seguir a Tambor en todas estas aventuras, porque tenía las patas muy largas y se caía.

—¡Ja, ja, ja! —Tambor rodaba por el hielo, muerto de risa al ver los trompazos que se daba el cervatillo. Éste, un poco enfurruñado, se levantaba una y otra vez, hasta que se convirtió en un maestro del patinaje sobre hielo.

Un día la presencia de cazadores en el bosque alarmó a mamá cierva. Solía suceder todos los años por esa época.

—Bambi, hijo mío —dijo a su cervatillo—, tenemos que ir a las tierras altas enseguida. Pase lo que pase, no te separes de mí y corre sin detenerte.

—Pero, ¿qué ocurre, mamá?

—Los hombres están en el bosque y debemos huir de ellos. Son muy peligrosos. ¡Vamos!

Emprendieron una veloz carrera sobre la nieve. De vez en cuando mamá cierva miraba hacia ambos lados olfateando. Bambi procuraba mantenerse junto a ella sin comprender aquella situación.

Se oían disparos.

—¡Corre, Bambi, corre y no mires hacia atrás! —le dijo mamá cierva.

Al escuchar una brusca detonación, Bambi se detuvo y vio cómo su madre se tambaleaba herida de muerte sin poder escapar.

Aquella noche, Bambi se quedó dormido llorando la pérdida de su madre.

De pronto alguien se le acercó:

—Despierta, Bambi.

Alzó la cabeza. El Gran Príncipe del bosque estaba junto a él.

—¿Dónde está mamá? —preguntó llorando.

—Los hombres se la han llevado. Hemos perdido a tu madre, pero no te preocupes, que ahora yo te protegeré.

Y todos los animalitos del bosque acudieron a consolarlo.

Pasaron los meses invernales y, al llegar la primavera, Bambi había crecido y lucía una hermosa cornamenta. Una tarde, cuando se acercó a beber al río, sintió una caricia en su hocico. Sorprendido, movió la cabeza y vio a una cervatilla hermosísima.

—¡Hola, Bambi! —saludó ella—. ¿Ya no me reconoces? Soy Falina, tu amiga del pasado otoño.

—¡Falina! ¡Vaya sorpresa! —reaccionó Bambi.

Trotaron por las profundidades del bosque un buen rato. Bambi ya no volvió a apartarse de su amiga. Estando junto a ella se olvidaba hasta de comer y beber.

Pero cuando estaban todos los animales disfrutando de la alegría de la primavera, se incendió el bosque y una cortina de fuego amenazó con abrasarlo.

Bambi y su padre corrieron para avisar del peligro.

—¡Todos al islote del río! —gritaban—. ¡Allí no llegará el fuego!

—¡Corred, corred antes de que el fuego nos rodee!

Y como muchos animales no se atrevían a pasar las aguas solos, les ayudaron llevándolos en sus lomos. Así se salvaron todos.

Por fortuna, pronto se apagó el incendio y la vida del bosque recobró la alegría y la tranquilidad.

Un día, el Gran Príncipe del bosque llamó a Bambi y le dijo:

—Yo ya soy viejo, Bambi; tú debes ocupar mi puesto.

Desde entonces Bambi fue el Gran Príncipe y vivió feliz en el bosque siempre en compañía de Falina y de todos sus cervatillos, que fueron muchos.

El lobo y los siete cabritillos

 3 minutos

 4 años

 El bosque
La casa de los
cabritillos

 Mamá cabra: buena
madre y valiente
Lobo: perverso y astuto
Cabritillos: confiados
Bulú: despierto y
obediente
Bolo: temeroso
Panadero: compasivo

 Obediencia

Mamá cabra vivía con sus siete lindos cabritillos en una bonita casa en medio del bosque. Eran todos muy buenos y obedientes, pero el más gracioso era el pequeño Bulú, un cabritillo negro con una mancha blanca en la frente.

Un día, mamá tuvo que ir de compras a la feria y antes de salir les dijo a sus hijitos:

—Tengo que dejaros solos porque debo ir de compras. Tened mucho cuidado por si viene el lobo, pues si llega a enterarse de que estáis solos intentará devoraros a todos.

—¡Ay, mamá, qué miedo! —dijo Bolo, el hijo mayor—. Pero ¿cómo sabremos que es el lobo y que no hemos de abrirle la puerta?

—Lo podéis reconocer por su voz ronca y sus garras negras.

Mamá cabra cogió su cesto y se fue a comprar. Entonces los siete cabritillos se encerraron en la casita y se pusieron a jugar.

Al poco tiempo llamaron a la puerta. Una voz ronca y fuerte gritó:

—¡Abrid, queridos hijos, que soy vuestra madre!

Los cabritillos se miraron asustados y entonces el mayor contestó:

—¡No, no! ¡No te abrimos la puerta! Tú no eres nuestra madre; tú eres el lobo. Mamá tiene la voz dulce y la tuya es fea y ronca.

El lobo se marchó enfadado a la farmacia, compró pastillas para aclarar la voz y se las tomó todas de una vez. Al rato, con la voz más clara, se dirigió de nuevo a la casa de los pequeños y llamó: ¡pam, pam!

—¿Quién es? —preguntaron los cabritillos.

—Abrid, hijitos míos —contestó el lobo—, soy vuestra madre y vengo muy cansada.

—Enséñanos la patita para que estemos seguros de que eres tú.

El muy tonto del lobo asomó una pata por el agujero de la puerta.

—¡No te abrimos, que tú eres el lobo! —gritaron los cabritillos—. Mamá tiene las patitas blancas y las tuyas son negras.

«¡Qué listos son estos cabritillos!», pensó el lobo, y se dirigió a la panadería.

—¡Ay, amigo panadero! Tengo una herida en las patas delanteras y me han dicho que se cura con un poco de masa y bastante harina.

El panadero, compadecido, le regaló masa y harina. El lobo se las puso en las patas para que se le quedasen blancas. Y así volvió a la casa de los cabritillos.

—Hijitos míos —llamó con voz suave—, soy vuestra querida mamaíta que ya está de vuelta. ¡Abrid pronto!

—Enséñanos antes la patita.

El lobo, muy contento, pasó las patas por el agujero de la puerta.

Eran tan blancas y suaves, que los cabritillos ya no dudaron y abrieron la puerta creyendo que era su mamá.

¡Vaya susto que se llevaron al ver entrar al lobo!

Aunque intentaron esconderse, el astuto lobo registró toda la casa y se los fue tragando uno a uno. Sólo Bulú, el más chiquitito, se salvó. Se había escondido en la caja del reloj de cuco.

El lobo comió tanto que sintió sueño. Se echó a dormir en el bosque a la sombra de los árboles.

Entre tanto, mamá cabra volvió a casa con sus compras y regalos para todos. ¡Qué sorpresa cuando encontró la puerta abierta y todo destrozado!

Llena de pena comenzó a llamar a sus hijitos, pero ninguno contestaba. ¿Cómo iban a contestar, si estaban en la panza del lobo?

Bulú reconoció a su madre y la llamó:

—¡Mamá, mamá, estoy aquí! ¡Ay, qué miedo he pasado!

Mamá cabra sacó al pequeño del escondite y éste le contó lo sucedido con sus hermanos. ¡Cómo lloraron!

Pero mamá cabra, además de una buena madre, era valiente y decidió castigar al malvado lobo. Acompañada del pequeño Bulú se internó en el bosque y no tardó en descubrir al malhechor dormido aún bajo los árboles.

Mamá cabra vio que algo se movía en el vientre del lobo.

—¡Mira, Bulú! ¡Tus hermanitos están vivos! ¡Se mueven en la barriga del lobo! Corre a casa y tráeme el cuchillo de la cocina.

Cuando Bulú trajo el cuchillo, mamá cabra, muy despacito, abrió el vientre del lobo sin que se diera cuenta, y todos sus hijitos salieron vivitos y contentos de volver a ver a su mamá.

—Corred al río —les dijo mamá cabra— y traed seis piedras de las más grandes que encontréis. Así el lobo cuando despierte creerá que sois vosotros los que estáis en su barriga.

Los cabritillos trajeron las piedras y mamá cabra las fue metiendo en la tripa del lobo; luego la cosió con mucho cuidado.

Poco después el lobo despertó bostezando.

—¡Uuuuy, qué sed tengo! —dijo estirando las patas—. Iré al río a beber agua.

Al llegar al río y estirar el pescuezo para beber, el peso de las piedras lo arrastró al fondo, de donde no pudo salir más. Y mamá cabra con sus cabritillos volvieron a su casita muy contentos por haberse librado de su peor enemigo.

¿Quién le pone el cascabel al gato?

 3 minutos

 7 años

 La plaza del pueblo

 Jefe ratón: indeciso y precavido
Ratones: colaboradores e indefensos

 Cobardía
Indefensión

El ratón más viejo del lugar, que era el jefe, mandó una mañana reunir a todos los ratones en la plaza, frente a su casa.

—¡Queridos vecinos! —les dijo con voz potente—. Os he mandado convocar a este congreso extraordinario para ver si entre todos somos capaces de solucionar los grandes problemas que nos causa nuestro mortal enemigo don Gato.

—¡A mí se me ha comido a dos hijitos! —gritó una ratona entre la multitud.

—¡Yo he perdido un hermanito en sus garras! —gritó otro.

—¡A mí ya me ha mordido dos veces! —gritó otro.

—¡Y a mí me ha arañado!

—Bueno, bueno —intentó poner calma el viejo ratón—. Ya conocemos más o menos todas las fechorías de ese elemento. Pero no os he mandado reunir para recibir vuestras quejas. Escuchadme.

En unos instantes, los ratones se callaron y el silencio reinó en la plaza.

—Lo que tenemos que hacer ahora —siguió el ratón jefe— es buscar una solución. Y eso debemos hacerlo entre todos. Poneos a pensar un momento, a ver qué se os ocurre.

Los ratones se pusieron a pensar, algunos dando vueltas por la plaza, en silencio. Hasta que uno, por fin, hizo oír su voz.

—¡Lo que tenemos que hacer es atacarle nosotros a él y darle un escarmiento!

—¡Eso, eso! —corearon muchos.

—No podemos hacerlo —dijo el viejo ratón—, aunque le atacáramos todos juntos, él nos vencería. Es mucho más fuerte que nosotros, como ya sabéis. ¡A ver, que hable otro!

—Podríamos poner vigilantes en todos los caminos y rincones —propuso otro.

—Se los comería a todos y no nos enteraríamos, porque, además de muy fuerte, es muy astuto —gritó otro.

En fin, que nadie encontraba la fórmula para poder defenderse del gato.

—Lo mismo que los hombres nos cazan con ratoneras, podríamos construir nosotros una gatera.

—¡No digas tonterías! —dijo un ratón bajito a quien no se le veía entre los demás—, tardaríamos por lo menos un año en hacerla.

—¡Y en ese tiempo ya nos habría comido a todos! —añadió otro.

—Lo único que podemos hacer —dijo el ratón jefe— es tener cada uno más cuidado y ocultarnos cuando presintamos el menor peligro. No hay otra manera.

La mayoría de la población de ratones dio la razón al jefe, pero hubo uno que se creía muy listo y propuso:

—¡Parecéis tontos todos! La solución es muy sencilla: se le pone un cascabel al gato. Así sabremos en todo momento por dónde anda y nos dará tiempo a ponernos a salvo.

—¡Sí, señor!

—¡Esa es una buena idea!

—¡Bravo!

—¡Qué tío más listo!

—¡Pongámosle un cascabel al gato!

—¡Viva! —gritaban los más exaltados.

—Muy bien —dijo el viejo ratón—, a mí me parece también una buena idea. Pero os habéis olvidado de algo muy importante: ¿quién le pone el cascabel al gato?

Nadie respondió. Poco a poco los ratones fueron abandonando la plaza, mientras se decían unos a otros:

—Pues es verdad: ¿quién le pone el cascabel al gato?

El gallo que se rompió el pico

 3 minutos

 7 años

La zapatería
El prado
La panadería
La platería

Gallo: desesperado e
  impotente
Platero: desinteresado
Resto de personajes:
  negociantes e
  interesados

Negociación
Generosidad

Érase una vez un gallo que se rompió el pico mientras buscaba comida entre unas piedras.

—¿Y qué hago yo ahora? —se quejaba el pobre gallo—. Me duele mucho y con el pico roto no puedo comer. Me voy a morir de hambre.

Se fue a ver al zapatero.

—¿Quieres componerme el pico que se me ha roto? —le preguntó.

—Si tú me das sebo, sí —respondió el zapatero.

Entonces el gallo se fue a ver a la vaca.

—¿Me das sebo? —le preguntó.

—Si tú me das hierba, sí.

El gallo preguntó al prado:

—¿Me das hierba?

—Si tú me das lluvia, sí.

El gallo, preocupado, miró a las nubes y preguntó:

—Nubes, ¿me dais agua?

—Si tú nos das viento, sí.

Entonces el gallo preguntó al águila:

—¿Me das viento?

—Si tú me das un cordero, sí.

El gallo fue a ver al pastor.

—¿Me das un cordero? —le preguntó.

—Si tú me das un perrito, sí.

—¿Me das un perrito? —preguntó el gallo a la perra.

—Si me das pan, sí.

El pobre gallo, al que le dolía mucho su pico roto, se fue a la panadería.

—¿Me das pan, panadero?

—Si me das leña, sí —respondió el panadero.

Desde la panadería, el gallo fue al monte.

—Monte, ¿me das leña?

—Si me das un hacha, sí.

—¿Me das un hacha? —preguntó el gallo al herrero.

—Si tú me das carbón, sí.

—¿Me das carbón? —preguntó el gallo al carbonero.

—Te daré carbón si tú me das plata.

Por fin, cuando el gallo estaba ya casi desesperado, el platero le dio plata sin pedirle nada a cambio. Y entonces el gallo muy contento cantó: «Plata me dio el platero, plata di al carbonero, el carbonero me dio carbón, carbón di al herrero, el herrero me dio hacha y hacha di al monte, el monte me dio leña, leña di al panadero, el panadero me dio pan para la perra, la perra me dio un perrito que di al pastor, el pastor me dio un cordero para el águila, el águila hizo viento, se movieron las nubes, llovió sobre el prado, y el prado me dio hierba que pude dar a la vaca, la vaca me dio sebo que se lo di al zapatero, y el zapatero me compuso el pico que me lo dejó como nuevo».

Y desde entonces el gallo volvió a ser feliz con su pico nuevo y reluciente.

CUENTOS
EN 5 MINUTOS

La gallina Marcelina

 5 minutos

 5 años

La granja

 Gallina Marcelina: ingenua, educada y trabajadora
Pollito: curioso
Gata: presumida
Perro: remolón
Cerdo: holgazán y perezoso

 Recompensa del esfuerzo
Tesón
Trabajo

Aquel que lo vio, corrió y me contó la historia de la gallina Marcelina, que vivía con sus tres lindos hijitos en una preciosa granja. Junto a ellos vivían una gata presumida, un perro blanquinegro y un cerdo dormilón.

Un día, cuando salieron a dar un paseo, porque eso de hacer ejercicio es una costumbre muy sana, uno de los pollitos encontró algo en el suelo y lo mostró a la gallina preguntando curiosamente:

—Oh, mami, mira lo que he encontrado ahí tirado. ¿Sabes tú qué es?

—Déjame ver. ¡Ah, claro que lo sé! ¡Son granos de trigo!

—¿Y qué haremos con ellos? —volvió a preguntar el pequeñín.

—Pues yo creo que lo mejor que podríamos hacer con ellos es plantarlos. Pero yo estoy tan ocupada... Creo que iré a pedir ayuda a la gata —contestó muy ilusionada la mamá a su hijito.

Cuando la gallina se acercó a la gata, ésta estaba limándose una de sus uñas que al parecer se le acababa de romper.

—Buenos días, señorita gata —saludó amablemente Marcelina—. ¿Podría ayudarme a plantar estos granos de trigo que hemos encontrado hoy cuando íbamos de paseo?

—¿Quién, yo? ¿Está usted loca? ¿Cree que voy a utilizar mis lindas uñitas en cavar surcos para plantar esos cuantos granos de trigo? ¡Ni hablar! —contestó la presumida gata.

La gallina, apenada, se dirigió al perro blanquinegro y le formuló la misma pregunta, tras un cariñoso saludo:

—¡Buenos días, señor perro! ¡Qué mañana tan preciosa! ¿No le parece?

—Pues sí, es realmente preciosa —aseguró el perro.

—Mire, me he acercado a usted para pedirle que me ayude a plantar estos granos de trigo —comentó la gallina.

—Mi querida Marcelina, tendría mucho gusto en ayudarle a usted, si no fuera porque esta mañana fui de caza y ahora estoy agotadísimo, sin fuerzas para mover ni una sola de mis cuatro patas, se lo aseguro —añadió el perro.

La gallina, desilusionada por la respuesta que acababa de escuchar, se dirigió hacia la pocilga en busca del cerdo.

—¡Buenos días, señor cerdo! ¿Podría ayudarme a plantar estos granos de trigo?

—¿A quién hace usted la pregunta, a mí? —dijo el cerdo mientras abría la boca bostezando.

—¡Pues sí! ¿A quién se lo iba a preguntar? Aquí no hay nadie más que usted y yo.

—Lo siento, querida amiga, llega usted en muy mal momento. Esta noche he dormido fatal a causa de un empacho por cenar demasiadas bellotas y aún no había pensado en levantarme. ¡Aaaaaaaaaay, qué sueño tengo!

Y diciendo esto, el cerdo cerró los ojos y comenzó a roncar y a roncar...

Marcelina se alejó de allí muy triste, pues ella que les había hecho tantos favores a los tres, no podía imaginar que ninguno le quisiera ayudar.

Sin embargo, cuando llegó delante de sus pequeñines, se puso a plantarlos con gran entusiasmo.

Pasaron los meses y el trigo creció y creció. Marcelina volvió a solicitar ayuda a sus vecinos para cortarlo y después para molerlo, y después para hacer un gran pan; pero ninguno de ellos quiso ayudarla ninguna de las veces, poniendo siempre disculpas.

La gallina consiguió hacerlo todo ella sola. Cuando se encontraban Marcelina y sus pollitos sentados a la mesa dispuestos a comer el estupendo pan que desprendía un olor delicioso, se acercaron corriendo la gata, el perro y el cerdo pensando en comer un pedazo. Pero la gallina les contestó orgullosa:

—¡Lo siento, amigos, este pan es para quienes lo hemos trabajado: mis hijos y yo, que muy bien nos lo hemos ganado!

Y el cuento se acabó;
cuando lo vuelva a encontrar,
se lo volveré a contar.

La ratita presumida

 5 minutos

 5 años

 La casita y el jardín de la ratita

 Ratita: indecisa y pretenciosa
Vendedor: charlatán
Burro: decepcionado
Gallo: desolado
Ratón: tímido y respetuoso

 Cuidado personal
Cada oveja con su pareja
Educación

Cuentan los que lo vieron, yo no estaba, pero me lo dijeron, que una linda mañanita de verano, una preciosa ratita barría la puerta de su casa cuando, de repente, vio que algo relucía en el suelo.

«¿Qué será?», se dijo. «¿Será un cristal? ¿Será un diamante?»

Se acercó y pudo comprobar que se trataba de una moneda.

—¡Oh, qué ilusión! ¡Es una monedita, además de las grandes! —exclamó entusiasmada—. ¡Cuántas cosas podré comprarme con ella!

Y sin pensarlo dos veces, se quitó el delantal, se puso el sombrero, metió la monedita en su bolso y se dirigió al pueblo.

Cuando llegó a la tienda del pueblo, le comentó al dueño que quería gastarse aquella monedita en algún caprichito.

Éste, que era una gran vendedor, le dijo:

—¿Le pongo unos bomboncitos?

—¡Ay, no, no, no, que se me picarán los dientecitos! —respondió la ratita presumida.

El vendedor siguió ofreciéndole:

—¿No le apetecería medio metro de tela, hilo, aguja y dedal para que pueda bordar?

—¡Ay, no, no, no, que perdería vista y mis deditos con esa aguja podría pinchar! —contestó la ratita.

De nuevo, el dueño de la tienda, que no estaba dispuesto a perder aquella venta, insistió mostrándole unas preciosas cintas de seda. La ratita, al verlas, eligió una de color rojo y se fue de regreso a su casa.

Cuando la ratita llegó a su casa, se dirigió rápidamente a su habitación, donde tenía un gran espejo y allí comenzó a pensar dónde se pondría aquella preciosa cinta de seda.

—¿Me la pondré en la cabeza? —decía mientras se la probaba frente al espejo—. ¡Oh, no, no, no, que pareceré un regalito de cumpleaños! A ver —proseguía—, me la pondré en el cuello. ¡Oh, no, no, no, que podría morir asfixiada! ¡Ah, ya sé! Me la pondré en mi rabito. Así luce muy elegante y señorial.

Y nuestra presumida y algo cursi ratita salió al balcón con el lacito rojo en el rabito, dispuesta a recibir piropos.

Enseguida pasó por allí el señor burro, que al verla tan guapa le dijo:

—Ratita, ratita, ¡qué bonita estás! ¿Te quieres casar conmigo?

—¿Y cómo harás por la noche? —le preguntó la ratita.

—¡Ia, ia, ia, ia, ia! —rebuznó el burro.

—¡Ay no, no, no, que me asustarás! —gritó la ratita.

Esa misma tarde, pasó por allí el señor gallo y al verla tan distinguida y elegante, le preguntó:

—Ratita, ratita, qué preciosa estás. ¿Te quieres casar conmigo?

Ella respondió con otra pregunta:

—¿Y cómo harás por la noche?

—Pues —contestó orgulloso el gallo— ¡kikirikiiiiiiiii!

—¡Qué horror, no podré dormir en toda la noche! —replicó la ratita.

Y el señor gallo se marchó muy cabizbajo calle abajo.

Al día siguiente, cuando la ratita estaba regando sus plantas, pasó un tímido ratón y se quedó mirándola entusiasmado.

Al rato, se armó de valor y dijo:

—¿Sabes, ratita, que eres más linda que las flores que tienes en tu balcón? Si tú quisieras, yo sería el ratón más feliz del mundo si te casaras conmigo.

La ratita, a quien también le había hecho gracia aquel ratoncito vergonzoso, le preguntó:

—Y tú, ¿qué haces por la noche?

A lo que el ratón contestó:

—Yo, pues dormir y callar.

Entonces, la ratita muy feliz replicó:

—¡Pues contigo me he de casar!

Y fueron felices y comieron toneladas de queso...

Las habichuelas mágicas

 5 minutos

  6 años

 El bosque
La casa del
bosque
La planta
El castillo del
ogro

 Juan: confiado y valiente
Madre: trabajadora y
desesperada
Hombre: aprovechado
Anciana: confidente
Mujer del ogro:
compasiva y
misericordiosa
Ogro: glotón, dormilón y
peligroso

 Valentía
Astucia

En los tiempos de Maricastaña, en una pequeña casita del bosque, vivían Juan y su madre, quien desde que murió su marido tuvo que trabajar muy duramente para sacar a su hijo adelante.

Como andaban mal de dinero y pasaban hambre, la mujer decidió vender lo único que le quedaba: su vaca.

—Juan —dijo la mujer tristemente—, llévate la vaca al mercado e intenta conseguir venderla a buen precio.

De camino a la ciudad, el muchacho se encontró con un hombre que le dijo que llevaba un saquito de habichuelas mágicas para venderlas en la ciudad.

—¿De verdad que son mágicas? ¡Se las cambio por mi vaca!
—dijo el chico entusiasmado.

—¡Trato hecho! —contestó muy contento el hombrecillo,
alejándose a gran velocidad con la vaca por si el muchacho
cambiaba de opinión.

Juan regresó a casa encantado con sus habichuelas. Cuando
su madre le vio llegar de vuelta tan pronto, le preguntó muy
interesada cuánto dinero le habían dado por la vaca.

—Dinero, lo que se dice dinero, no me han dado, madre.
Pero he traído unas habichuelas que son mágicas —contestó el
muchacho.

—¿Quieres decir que has cambiado una vaca por un saquito
de habichuelas? ¡Dios mío, qué espanto! ¡Este hijo mío está
loco! Y ahora, ¿qué vamos a hacer? Nos moriremos de
hambre... —comentó la mujer llorando mientras tiraba las
habichuelas por la ventana.

Aquella noche, como era costumbre ya, se fueron a la cama sin cenar. A la mañana siguiente, cuando Juan se levantó, se frotó una y otra vez los ojos porque vio asombrado que las habichuelas habían crecido tanto, que se habían convertido en unas enormes plantas de las que no se llegaba a ver el final.

Sin pensarlo dos veces, Juan comenzó a trepar y a trepar por la planta, hasta alcanzar la parte más alta. Y cuál fue su sorpresa cuando allí encontró un cruce de caminos en el que se encontraba una anciana que le llamó por su nombre y le contó algo que él desconocía. Le dijo que a su padre le había matado el ogro que vivía en el castillo, que estaba situado al final de uno de los caminos.

El muchacho, al oír aquellas palabras, lloró de rabia, pero rápidamente comenzó a caminar hacia el castillo con la intención de acabar con el ogro.

Llamó a la puerta y abrió la mujer del ogro, quien le aconsejó que se alejara; como Juan insistió en pasar allí la noche, ella le escondió en el horno para que su marido no le viera.

Cuando el ogro llegó, dijo que olía a carne de niño, pero su mujer le entretuvo poniéndole la cena: doce pollos y doce jarras de vino.

Después de cenar, sacó de su bolsillo una bolsa de monedas de oro y se echó a dormir. Juan, aprovechando que estaba dormido, le quitó la bolsa y se marchó a su casa.

Al cabo de un tiempo, se le acabaron las monedas y el chico decidió subir de nuevo al castillo. Consiguió de la misma manera bajarse una gallina que ponía huevos de oro.

Pero el muchacho tenía deseos de venganza y volvió a subir por tercera vez al castillo. Esa vez se escondió en una pila de lavar desde donde podía ver todo lo que allí sucedía.

Después de cenar cinco corderos y diez jarras de vino, el ogro trajo un arpa de la que salían notas de oro, la mandó cantar y al rato se quedó dormido. Juan aprovechó la ocasión y cogió el arpa. Pero ésta comenzó a gritar: «¡Amo, amo!».

El ogro se despertó y persiguió al chico por la planta. Cuando Juan llegó abajo, pidió el hacha a su madre y comenzó a darle hachazos al robusto tallo.

Al caer la planta, lanzó al gigante al mar y se ahogó.

Con la gallina de los huevos de oro y el arpa, la mujer y su hijo vivieron desahogadamente y felices durante el resto de sus días.

Y entonces
cataplán, cataplón,
y cataplín, cataplín,
hemos llegado a su fin.

Índice